Diez para mí

por Barbara Mariconda

ilustrado por Sherry Rogers

Nos preparamos para comenzar – sólo Lalo y yo.
¿Nuestro objetivo? Atrapar algunas mariposas.
¡Lalo con su red, y yo con mi libro
nos fuimos al campo y empezamos a buscar!

Guía de campo
sobre las
mariposas para
exploradores
jóvenes

El primer día, no fue muy divertido
¡porque Lalo atrapó diez y yo ninguna!
¿Cuántas hay en total? ¡Vamos a sumarlas otra vez!
"Bien, 10 + 0 son 10", dijo Lalo. "10 + 0 son 10".

Para atraer a las mariposas, necesitas darles una fuente de alimento (néctar o polen) y una planta huésped para que las hembras pongan sus huevos.

Las Arena Phyleus ponen sus huevos en el pasto alto.

Mariposas atrapadas y liberadas

Lalo   yo

IIII.IIII

El segundo día tampoco fue muy divertido
¡porque Lalo atrapó nueve y yo sólo una!
¿Cuántas hay en total? ¡Vamos a sumarlas otra vez!
"Bien, 9 + 1 son 10", dijo Lalo. "9 + 1 son 10".

Cada especie de mariposa utiliza diversas flores, hierbas, o árboles como su planta huésped. Las orugas comerán de esa planta especial.

Mariposas atrapadas y liberadas

Lalo   yo

ШН ШН ШН ШП   I

Mariposas atrapadas y liberadas

Lalo	yo
ΗΗΗ ΙΗΗ ΗΗ ΗΗ ΤΗΗ ΙΙ	ΙΙΙ

Las plantas y las mariposas se han adaptado por más de miles de años. Las mariposas monarcas utilizan el veneno de las lantanas para protegerse a sí mismas.

Las mariposas monarcas ponen sus huevos en las lantanas.

El tercer día afuera, todavía me sentía triste
¡porque Lalo atrapó ocho y yo atrapé dos!
¿Cuántas hay en total? ¡Vamos a sumarlas otra vez!
"Bien, 8 + 2 son 10", dijo Lalo. "8 + 2 son 10".

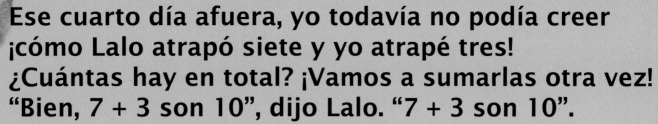

Ese cuarto día afuera, yo todavía no podía creer
¡cómo Lalo atrapó siete y yo atrapé tres!
¿Cuántas hay en total? ¡Vamos a sumarlas otra vez!
"Bien, 7 + 3 son 10", dijo Lalo. "7 + 3 son 10".

El quinto día afuera, todavía me sentía abrumada ¡porque Lalo atrapó seis y yo cuatro!
¿Cuántas hay en total? ¡Vamos a sumarlas otra vez!
"Bien, 6 + 4 son 10," dijo Lalo. "6 + 4 son 10".

A las Ninfas Interrogationis y a las Monjas Astianax les gusta el jugo de las frutas maduras.

Mariposas atrapadas y liberad

Lalo	yo

Las Corolas Polyxenes ponen sus huevos en las plantas como las zanahorias, el perejil, el eneldo, el hinojo y las hierbas silvestres.

Mariposas atrapadas y liberadas

Lalo

yo

El sexto día afuera, ¡pensé que me moriría!
¡porque Lalo atrapó cinco. . . y yo también!
¿Cuántas hay en total? ¡Vamos a sumarlas otra vez!
"Bien, 5 + 5 son 10", dijimos. "5 + 5 son 10".

El séptimo día afuera, utilicé mis nuevos trucos,
¡y Lalo atrapó cuatro y yo atrapé seis!
¿Cuántas hay en total? ¡Vamos a sumarlas otra vez!
"Bien, 4 + 6 son 10," dije yo. "4 + 6 son 10".

La mayoría de las mariposas liban
el néctar de las plantas con flores.

Mariposas atrapadas y liberadas

Lalo

ℍℍℍℍ ℍℍℍℍ ℍℍℍℍ
ℍℍℍℍ ℍℍℍℍ ℍℍℍℍ ℍℍℍℍ ||||

yo

ℍℍℍℍ ℍℍℍℍℍℍℍ ℍℍℍℍ |

Algunas mariposas machos beben el agua (de los charcos de lodo) para obtener los nutrientes que necesitan.

Mariposas atrapadas y liberadas

Lalo

yo

El octavo día afuera, me sentí como en las nubes,
¡porque Lalo atrapó tres y yo siete!
¿Cuántas hay en total? ¡Vamos a sumarlas otra vez!
"Bien, 3 + 7 son 10", yo dije. "3 + 7 son 10".

El noveno día afuera, realmente me sentí bien
¡porque Lalo atrapó dos y yo atrapé ocho!
¿Cuántas hay en total? ¡Vamos a sumarlas otra vez!
"Bien, 2 + 8 son 10", yo dije. "2 + 8 son 10".

¡A las Ninfas Interrogationis y las
Monjas Astianax les atraen los olores
de los establos!

Mariposas atrapadas y liberadas

Lalo

yo

El décimo día afuera, era mi turno para ganar
¡porque Lalo atrapó una y yo atrapé nueve!
¿Cuántas hay en total? ¡Vamos a sumarlas otra vez!
"Bien, 1+ 9 son 10", dijo Lalo "1 + 9 son 10".

Si plantas un jardín para mariposas,
utiliza plantas que sean nativas a tu área.

Mariposas atrapadas y liberadas

Lalo

yo

El último día afuera, bueno, ¡pues gané otra vez!
El pobrecito de Lalo no atrapó nada, ¡y yo atrapé diez!
¿Cuántas hay en total? ¡Vamos a sumarlas otra vez!
"Bien, 0 + 10 son 10", yo dije. "0 + 10 son 10".

Y de pronto paramos y comparamos nuestro puntaje
para ver finalmente, ¡quién de los dos atrapó más!
"¿Cuántas para Lalo? ¿Cuántas para mí?"
"¡Parece ser un empate!" gritó Lalo con entusiasmo.
"¡Pero, esperen! ¿Qué es ésto . . . ?"

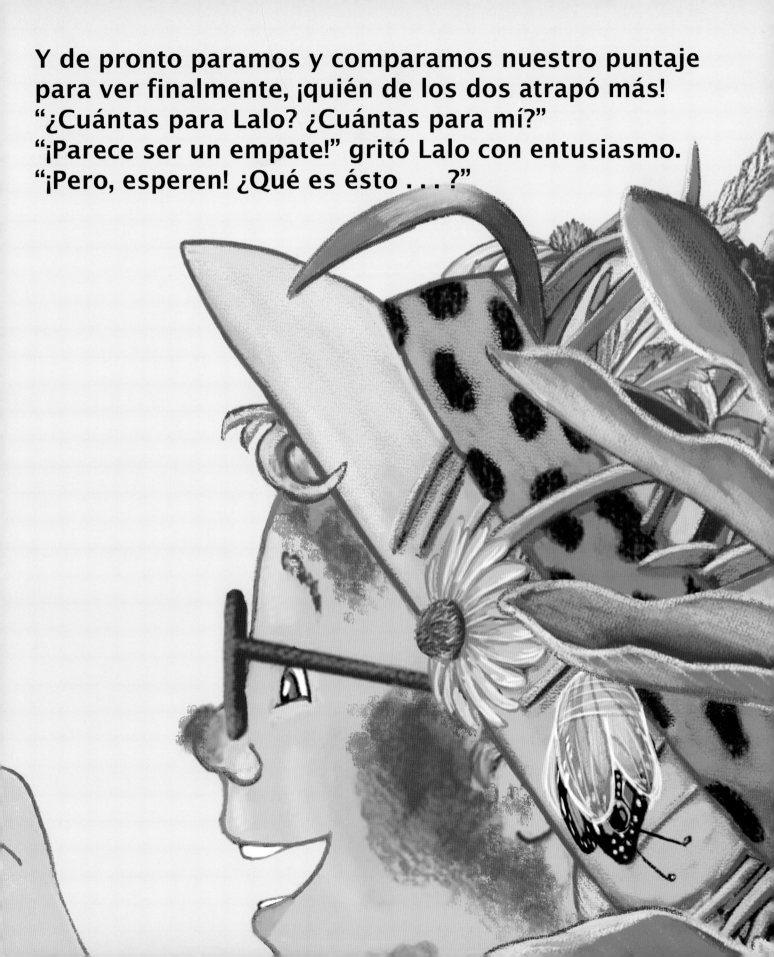

"¡Vengan a ver!
Parece ser que ahora el ganador . . ."

Para las mentes creativas

Los números y secuencias

¿Cuáles son algunas combinaciones con números que suman diez?

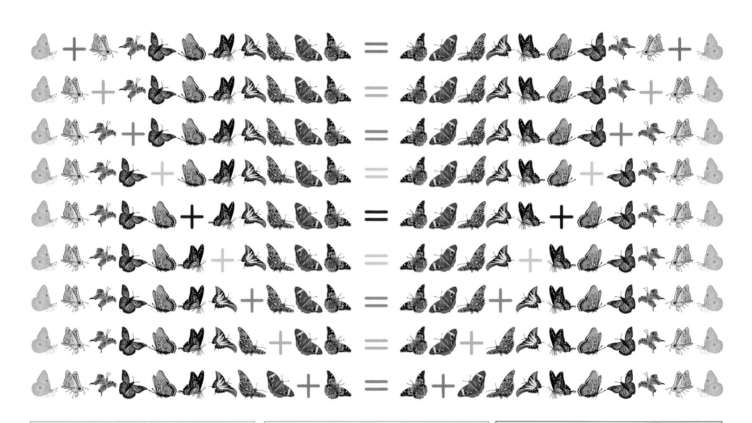

1 + ? = 10	2 + ? = 10	3 + ? = 10
4 + ? = 10	5 + ? = 10	6 + ? = 10
7 + ? = 10	8 + ? = 10	9 + ? = 10

¿Puedes ver una secuencia en la cantidad de mariposas que Lalo y Rosa atraparon y liberaron cada día?

día	# Lalo	# Rosa	Total
uno	10	0	10
dos	9	1	10
tres	8	2	10
cuatro	7	3	10
cinco	6	4	10
seis	5	5	10
siete	4	6	10
ocho	3	7	10
nueve	2	8	10
diez	1	9	10
último día	0	10 + la cría	11
Total	55	56	111

Utiliza la secuencia repetitiva de las mariposas que se muestra en la parte inferior de la página para identificar a la mariposa que falta en cada una de las siguientes secuencias.

Partes del cuerpo de la mariposa

Las mariposas son insectos. No tienen una columna vertebral como nosotros. Tienen una cubierta dura en el exterior que se llama exoesqueleto.

Todos los insectos adultos tienen tres partes principales en el cuerpo: cabeza, tórax, y abdomen.

Los ojos, las antenas, y las partes de la boca están en la cabeza.

Las alas y las patas están adheridas al tórax.

El corazón y los órganos del cuerpo están en el abdomen.

Las mariposas utilizan sus dos antenas para "oler". Las mariposas tienen pequeñas "protuberancias" (en forma de bastón) al final de sus antenas—las polillas no.

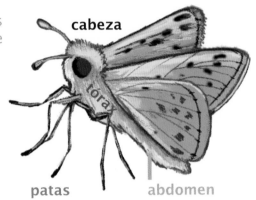

cabeza

tórax

patas   **abdomen**

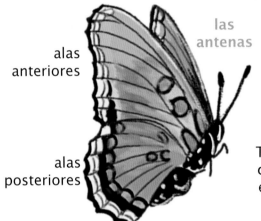

alas anteriores

las antenas

alas posteriores

Sus "bocas" (proboscis) son como pajillas y las utilizan para beber el néctar y el jugo. Sólo las puedes ver cuando las usan.

Todas las mariposas tienen cuatro alas: alas anteriores enfrente y alas posteriores detrás.

Tienen seis piernas y patas. No todas se les pueden ver. El sentido del "gusto" está en sus patas.

Actividad de secuencia del ciclo de vida de la mariposa

Las mariposas pasan por una metamórfosis muy completa: una serie de cambios en la forma del cuerpo durante su ciclo de vida. ¿Puedes poner en órden el ciclo de vida de la mariposa? Las respuestas se encuentran al revés al inferior de la página.

Las mariposas adultas salen de la pupa. Vuelan tan pronto sus alas se desdoblan y se secan.		Cuando ya se han desarrollado, las orugas se enrollan hasta convertirse en pupa. La pupa de una mariposa se llama crisálida; la pupa de una polilla se llama capullo.	
	Las hembras adultas ponen sus huevos en la planta huésped.		Las orugas nacen de huevos. Mientras éstas crecen, mudan de su cubierta dura y les crece una nueva, más grande.

Respuesta: Pueden empezar de huevos o adultos. El órden general es huevo, oruga, pupa y adulto.

Compara y contrasta las mariposas

¿De qué manera las mariposas son parecidas y de qué manera son diferentes?

gigante de swallowtail

monarca

ninfa coenia

monjas astianax

nebulosa de azufre

Ninfa interrogationis

tigre occidental

arena phyleus

alalarga vanillae

cardera

Con agradecimiento a Mary Santilli, ganadora del premio presidencial para las matemáticas elementales (TC 1991) por verificar la autenticidad de la información matemática en este libro. Gracias también a todos los expertos en mariposas que proporcionaron orientación y su experiencia: Karen Oberhauser, Director del Proyecto de las Monarcas en la clase; a Kelly C. Lotts, USGS Infraestructura Nacional de Información Biológica, Big Sky Institute, y para los muchos miembros del North American Butterfly Association (NABA).

Los datos de catalogación en información (CIP) están disponibles en la Biblioteca Nacional

portada dura en Español ISBN: 978-1-60718-6960
eBook en Español ISBN: 978-1-60718-1101
portada dura en Inglés ISBN: 978-1-60718-0746
portada suave en Inglés ISBN: 978-1-60718-0852
eBook en Inglés ISBN: 978-1-60718-0999
También disponible en cambio de hoja y lectura automática, página en 3era. dimensión, y selección de textos en Inglés y Español y libros de audio eBooks ISBN: 978-1-60718-3105

Título original: Ten For Me
Traducido por Rosalyna Toth

Elaborado en China, junio, 2012
Este producto se ajusta al CPSIA 2008
Primera Impresión

Sylvan Dell Publishing
Mt. Pleasant, SC 29464